한 편의
시를 위한
이야기

한 편의 시를 위한 이야기

발행일	2020년 10월 27일		
지은이	김점열		
펴낸이	손형국		
펴낸곳	(주)북랩		
편집인	선일영	편집	정두철, 윤성아, 최승헌, 이예지, 최예원
디자인	이현수, 한수희, 김민하, 김윤주, 허지혜	제작	박기성, 황동현, 구성우, 권태련
마케팅	김회란, 박진관, 장은별		
출판등록	2004. 12. 1(제2012-000051호)		
주소	서울특별시 금천구 가산디지털 1로 168, 우림라이온스밸리 B동 B113~114호, C동 B101호		
홈페이지	www.book.co.kr		
전화번호	(02)2026-5777	팩스	(02)2026-5747

ISBN	979-11-6539-439-4 03810 (종이책)	979-11-6539-440-0 05810 (전자책)

이 도서의 국립중앙도서관 출판예정도서목록(CIP)은 서지정보유통지원시스템 홈페이지(http://seoji.nl.go.kr)와
국가자료공동목록시스템(http://www.nl.go.kr/kolisnet)에서 이용하실 수 있습니다.
(CIP제어번호: CIP2020045164)

(주)북랩 성공출판의 파트너

북랩 홈페이지와 패밀리 사이트에서 다양한 출판 솔루션을 만나 보세요!

홈페이지 book.co.kr • **블로그** blog.naver.com/essaybook • **출판문의** book@book.co.kr

한 편의
시를 위한
이야기

김점열 소설

북랩 book Lab

머리말

　지금은 없어진 고향 응유를 그리며 젊은 시절 요절한 친구, 동네 후배 그리고 그 마을에 살던 사람들의 이야기를 쓰고 싶었다. 어쩌다 고향에 내려가면 반쯤 살아남은(반만 수용됨) 매봉산은 나에게 이곳에 대해 이야기하라는 숙제를 내 주는 것 같았다. 한편으로 그 숙제가 마음의 짐이었는데 이 책으로 그 짐을 조금이나마 덜게 되었다.

　'한 편의 시를 위한 이야기'는 17개의 에피소드와 14개의 수필로 구성되어 있다. 7개의 메인 수필(n)이 나오게 된 배경을 17개의 에피소드와 7개의 수필로 풀어냈다.

　유기적으로 에피소드를 연결시켜 소설화하는 작업을 시도했으나 수월치 않았다. 그렇지만 이런 구성의 시도를 결코 후회하지 않는다. 글의 구성이 마음에 들어 다른 작가도 시도해 본다면 작가인 나의 입장에서 보람 있을 것 같다.

　'시와 작가'는 뭔가 새로운 걸 발견하고 쓴 것이다. 그러나 결국 더 배울수록 누군가가 쓴 글일 것이라는 생각에 동의할 수밖에 없을 것 같다.

'검도기행'에서는 검도 이야기를 다뤘다. 7년 동안 검도를 배웠다. 관장님과 조 사범님, 이 사범님, 둔한 나를 동생처럼 또 형처럼 가르치느라 고생한 분들과 진접검도관원분들께 이 책을 통해 감사를 전한다.

고향집 표지 그림을 더없이 잘 그려 준 조카 김서라와 공부하느라 힘든 와중에도 편집을 도와준 딸 김화인에게 감사의 말을 전한다.

시와 작가

검도기행

한 편의 시를 위한
이야기

1. 인생은 펼쳐지는 것이다

내 인생을 바꾼 것은 단 한 번도 인내와 침묵이 아니었다.
물론
인내와 침묵을 강요하는 것은 환경이 바뀐다는
두려움이었지만
그렇다고 결정 뒤엔 한 번도 결정한 후의
일들을 두려워해 본 적이 없었다.
오히려 두려워서 선택과 결정을 내리지
못하는 시기가 가장 괴롭고 힘들었다.

'그렇다.
인생은 결정하는 것이다.
선택을 하는 것이다.
밀려오는 두려움을 이겨 내고 과감히
자신을 세상 속에 내던지는 것이다.

이는 두려워 침묵하는 나의

존재 이전에 숨겨져 있던 나의

본성인 것이다.'

1/n 愼, 신

태생적으로 우리 집안은 성격이 소극적이었다. 조선 중기 때 인조반정으로 귀향을 온 탓에 집안의 모든 가훈과 훈시에 근신, 신독, 조신, 신자가 들어가지 않는 법이 없었다. 그래서 제대로 된 결정과 행동은 늘 나를 괴롭혔다.

2/n 3 대 1의 도모

조그마했던 나를 늘 괴롭히던 아이가 있었다. 침묵과 인내를 거듭하던 어느 날, 난 나와 비슷한 처지의 A와 F와 함께 늘 괴롭히던 아이를 처치할 계획을 도모했다. 학교가 파하고 1 대 1로 붙자고 말하는 역할에 난 이미 선택과 결정에 몸을 내던지고 있었다. 그리고 3 대 1이 되어 그 아이를 흠씬 두들겨 패고 그 아이의 눈에서 흐르는 패배의 눈물을 우리 셋이서 확인했을 때 우린 이미 선택과 결정에 취해 있었다.

3/n 1988년 송정리

5월 8일, 어버이날이었다. 카네이션을 들고 A와 집에 가는 버스 105번을 기다리는 중이었다. 버스를 타려고 기다리는 사람들 중에 덩치가 크고 험상궂게 생긴 이가 갑자기 다가오더니 카네이션을 달라고 하는 것이었다. 난 흔쾌히 허락했고, 그는 꽃을 만지다가 꽃잎이 떨어진 채로 내게 전달했다. 그에게 추궁을 하자 그는 욕지거리를 했고 단숨에 난 그의 면상을 주먹으로 가격해 버렸다. 그는 코피를 흘리며 옆에 있는 큰 돌을 들고 나에게 다가왔다. 난 다시 발로 그의 가슴을 가격했고 그 다음에 더 큰 돌로 그를 위협했다. 5분도 안 돼서 그의 부하라 하는 자들이 모여들었고 그는 나에게 제안을 했다.

"네가 싸움을 잘한다면 나와 1 대 1로 겨뤄 보자. 국민 회관 뒤편으로 나와."

난 흔쾌히 "그래 그러자."라고 했지만, 막상 도착해 보니 5명이던 그의 부하들은 10명으로 늘어나 있었고 그중 중학교 때 퇴학당했던 동창들도 몇 명 보였다. 그들은 나를 보자 아는 척을 하면서 그가 그들의 보스이며 자기 체면을 봐서라도 잘 못했다고 사과를 하라고 했다. 난 그렇게 할 수 없다고 말했다. 이윽고 1 대 1 싸움이 시작되었다. 그렇지만 아무리 생각해도 져도 죽을 판이고 이겨도 죽을 판이었다. 그런 생각에 다다르자 난 그들이 둘러싼 한쪽 빈 공간으로 줄행랑을 쳤다. 그 뒤로 10명 가까운 녀석들이 뛰어오고 난 105번 버스를 타려고 죽을힘을 다해 뛰었지만, 그 두목에게 뒷덜미를 잡히고 말았다. 그 순간 난 뒤로 돌며 코를 한 대 더 가격하고 그의 새끼손가락을 손아귀에 쥐며 계속 이러면 손가락을 부러뜨리겠다고 위협했다. 그제서야 앞으로 돌아간 옷의 뒷덜미를 놓는 것이었다. 한참을 더 뛰어가자 기차역에 도착했고, 난 달려오는 기차를 확인하고 기차역의 가로막을 뛰어넘어 버렸다. 뛰어넘자 기차가 들어왔고 그 위로 수없이 많은 돌멩이가 날아오는 것을 확인하며 어느 집으로 숨어들었다. 거기 있던 아주머니에게 깡패들에게 쫓기는 신세이며, 한 시간 있다가 가겠다고 말하자 그렇게 하라고 했다. 다음 날 학원에 갔다. 종합학원은 여덟 시가 되면 앞문을 통제한다. 점심시간 한 시간만 개방을 하게 되어 있었다. 점심시간이 되자 옥상에서 친구와 도시락을 먹고 있는데 오토바이를 탄 그 두목이 일행들과 기다리고 있었다. 난 숨어 있다가 가방을 챙겨 5층 학원 옥상에서 그 옆 4층 건물로 뛰어내려 그 건물 뒤쪽으로 집으로 가야만 했다. 그 이후로 그들은 매일 나를 기다렸다. 그렇게 일주일 정도 지나자 안 되겠다 싶어 부모님께 말하고 그들을 피해 서울에 자취하는 형들 집으로 피신하게 되었다. 5월 8일, 그날의 결정은 그 후로 내가 30년 서울 생활을 이어 오는 계기가 되었다.

4/n 1983 자전거 무전기행

늦여름이었다. 항상 그렇듯 난데없이 A는 자전거를 타고 송정리에 무전여행을 가자는 것이었다(실제로 송정리는 집에서 30km 정도 떨어져 있다). 두 시간 정도 타자, 사타구니 앞부분이 바지에 쓸려 움직일 때마다 통증이 심해졌다. A에게 통증을 호소해 보려다가 만 이유는 한 손밖에 없는 A가 자전거를 타면서도 통증을 내색하기는커녕 입가에 웃음까지 띄고 있기 때문이었다. A는 오히려 그가 손이 하나밖에 없다는 열등감을 자전거를 통해 극복했다는 것을 보여 주려 하는 것 같았다. A는 무엇이든 생각하면 행동하고, 행동한 후에는 후회란 없는 쾌남이었다. 그래서 그가 사고를 당했을지도 모른다고 난 생각했다. 그렇지만 그날의 탈곡기 사건(초등학교 6학년 때 탈곡기에 팔이 잘린 사건)을 한 번도 제대로 이야기해 본 적이 없었다. 그냥 A는 그 사건을 펼쳐지는 인생의 한 부분으로 여길 뿐, 후회는 없었다.

세 시간쯤 달려 도착한 송정리는 을씨년스럽고 바람이 불어 곧 비가 한바탕 올 것 같은 날씨였다. 배고프고, 춥고, 돈은 없는 상황에서 난 A에게 한 가지 제안을 했다. 결혼식장에 들어가면 누가 하객인지 잘 모르니 하객인 척 들러 식사를 하자고 한 것이다. 마지못해 A는 나를 따라왔고, 우린 하객들 틈에 끼어 식사를 했다. 배가 터지도록 먹을 즈음 하객 중 한 명이 이 아이들은 누구의 아이들이냐고 물었다. 순간 우린 두 눈을 마주치고 둘이 약속이라도 한 듯이 콜라 한 병씩을 들고 부리나케 뛰쳐나왔다. 나온 뒤 우린 배꼽을 잡고 웃었다. 얼마나 웃었는지 나중엔 배가 아파서 웃지 못할 지경이었다. 그날 난 A에게 그 상황을 선물했고 A는 그 선물을 만족스러워했다.

늦가을이었다. B와 C 그리고 난 매봉산 밑 갈대숲 밑의 잔디밭에 놀러 가곤 했다. 그러던 어느 날, 작년 보름에 돌렸던 불깡통을 B가 가지고 왔다. 그리곤 나에게 내기를 하는 것이었다. 불깡통 안에 불을 질러 불이 그대로 불깡통 안에 남아 있으면 B가 이기고 바깥으로 퍼지면 내가 이기는 내기였다. 난 망설였지만 그런 모습을 보이면 B에게 있어서 나의 위치가 위태롭다는 것을 알고서 흔쾌히 내기를 시작했다. 시작한 지 10분도 되지 않아서 불은 위쪽 갈대숲을 다 태우고 매봉산 중턱까지 타오르는 것을 본 B와 C 그리고 난 사색이 되어 동네로 지원 요청을 했다.

다행히 친구 집에 놀러 온 동네 형들과 동네 사람들의 합세로 불길은 잡혔지만 문제는 우리 셋이었다. 불길을 잡으려 몸에 물을 묻혀 불길에 뛰어들기까지 한 나는 불길이 잡힐 기미가 보이자 매봉산을 넘었고, 형이 다니는 중학교에 가서 학교가 파할 때까지 기다렸다. 형은 나를 보자 눈썹이 왜 없는지 따져 물었고 난 사실대로 말하지 못하고 그냥 온 것이라고만 말하고 다시 매봉산에 숨었다. 밤 열두 시쯤 나를 찾는 엄마와

누나의 목소리가 들릴 때까지 난 공동묘지에 숨어 집에 들어가지 못하고 있었다. 마침내 작은 누나가 날 발견할 때도 난 집에 가지 않겠다면서 떼를 쓰다가 등에 업혀 울음을 터뜨렸다. 그날 난 한순간의 결정이 이렇게 하루를 길게 만들 수 있다는 걸 느끼며 누나 등에서 잠이 들었다. 그날의 선택으로 난 그 동네 골목대장으로서의 위치를 더욱 공고히 할 수 있었다.

6/n 선택과 결정

함께 불장난을 쳤던 아이들 중 한 명인 A는 초등학교 때 모험심과 과한 과감성으로 탈곡기에 팔이 잘리는 경험을 했고 또 한 명인 F는 훗날 세상의 진리를 모두 알 수 있는 마음의 수련을 하는 강사로 활동하기로 결정한다.

그리고 나는 검도를 배웠고 지금도 검도를 할 때 상대에게 몸을 던지는 선택과 결정을 내리기가 가장 어렵다고 생각한다.

입대한 후에 난 군에 불만이 많았다. 도대체 누구의 명령으로 날 이곳에 붙잡아 두는지 도통 이해하고 싶지도 또 이해하려고도 하지 않았다. 그러던 어느 날, 서로 마음이 통하는 두 달 위의 고참과 초소 근무를 서게 되었다. 난 고참에게 두 시간 근무이니까 지금 금촌 시내로 나서면 가는 데 20분 소요, 한 시간 놀고, 20분이면 충분히 복귀할 수 있으니 갈 생각 없느냐고 물었다. 생각과 결정하는 데 그 고참은 30초도 고민하지 않고 동의하였다. 막상 나가 보니 밤 열두 시가 넘어서인지 포장마차도 닫혀 있었고, 갈 수 있는 건 막 문을 닫고 있는 곳 한 곳뿐이었다. 우린 닫으려 하는 가게에 들어가 한 시간만 늦게 닫아 달라 사정을 해 겨우 술잔을 기울였다. 고참의 헤어진 애인 이야기로 거의 시간을 할애했고, 기어이 올 것 같지 않던 시간이 오고야 말았다(항상 그랬던 것 같다. 올 시간은 기어이 온다).

나오자마자 택시를 잡고 거의 도착할 즈음, 택시비가 2천 원 정도 부족한 것을 택시 기사에게 말하자 택시 기사는 우리에게 싸늘한 눈총을 쏘더니 급기야 그 자리에 내려 주는 것이 아니라 원래 탔던 곳까지 다시 갔다. 우리는 손이 발이 되게 빌었지만 그 기사는 무슨 속셈인지 들은 체도 않고 원래 탔던 금촌 시내까지 가서 우리를 내려 주었다. 우린 화를 내고 욕을 하고 대거리를 하고 싶었지만 할 시간도 없었고 반은 정신이 나간 상태여서 겨우 트럭 아저씨에게 거의 빌다시피 해서 부대 앞까지 오게 되었다. 봄의 개구리 소리와 뛰면서 듣던 나의 심장 소리가 같은 크기로 들린 건 그때가 처음이자 마지막이었던 것 같다.

2. 창조와 질서

창조는 자유의 다른 영역이고
질서란 창조의 절제된 또 다른 영역이다.

1/n 자유

자유 〉 창조 〉 질서 〉 절제

2/n 아날로그와 디지털 1

아날로그는 자연, 자유, 창조, 무한, 유연의 의미이고 디지털
은 질서, 통제, 절제, 도덕, 굳음의 의미이다. 우린 지금 무한
디지털 세계로 향한다. 다시 말해 인류는 존재한 후로 가장 질

서 있고 가장 통제되고, 가장 도덕화되어 굳어지고 있다. 생명은 유연하고 자유롭고 무질서한 아날로그 세계에서 잉태된다. 죽음이란 굳어진다. 통제된다는 말의 다른 단어이다. 우린 정말 발전하고 있는 건가?

3/n 아날로그와 디지털 2

도, 레, 미, 파, 솔, 라, 시, 도.
빨, 주, 노, 초, 파, 남, 보.
단어들의 표현.
어렸을 적 "니가(네가)"라는 발음을 C에게 물어보고 "왜 소리 나는 그대로 글로 옮기지 못하느냐?", "도와 레 사이에 음계는 왜 없느냐?", "빨과 주 사이에 색깔은 없느냐?"라고 항상 싸우듯 따져 물었다. 그러면 C는 답답해서 밖으로 나가 버렸다. 그 물음에 대한 답을 지금 와서 나에게 물어본다면 어떨까?
아날로그와 디지털이다. 인간이 아날로그를 모두 수용할 수 없어서 사실 디지털(음계, 색깔, 단어)로 정리해 놓았으니 얼마나 형편없겠는가? 그랬으니 이건 아이가 봐도 도, 레 사이의 음계가 빠지고 빨, 주 사이가 빠져 있고 소리 나는 대로 글자도 옮겨지지 않은 것이다. 도, 레 사이의 음계가 디지털에서 소외되듯이 빨, 주 사이의 색깔이 디지털에서 소외되듯이 디지털에서 제외된 인간들도 분명히 존재한다. 우린 음계와 색깔을 무시할 수 있지만 인간은 무시할 수 없다. 대답을 못 해 준다고 간단히 밖으로 나갈 일만은 아니기 때문이다.

3. 광의의 관계

담백한 음식이 자극적인 음식보다 질리지 않고 오래가듯이
사람과의 관계도 담담하고 자극적이지 않는 관계가
서로 부담스럽지 않고
오래 지속된다.

물이란 물질을 생각해 보면 더욱 근접한 답을
찾을 수 있을 것이다.

물은 음식이 아니다.
음식이라고 말하기엔 사람에겐 너무 필수적인 물질이다.

인간관계란
우리 몸에 필요한 물처럼 누구와도 잘 어울리지만
무미하지만 꼭 필요한 존재가 되어야

성공한다.

1/n 인기투표

중학교 1학년 때 인기투표를 한 적이 있다. 투표 방식은 자기가 가장 좋아하는 친구에게 표를 행사하는 방식이었다. A는 애원하듯 나에게 한 표를 구걸하는 눈빛을 보냈고, F는 당연히 내가 자기에게 한 표를 찍을 거라는 확신의 눈빛을 보내왔다.

난 둘을 배신하고 짝꿍에게 한 표를 행사했다. 난 두 친구를 배신하고 짝꿍에게 한 표, A에게 한 표, F에게 한 표, 도합 세 표를 얻어 1등을 차지하게 된다. 그 후로 한동안 A와 F는 나에게 의심의 눈초리를 보내왔고 한동안 배신자의 그늘 속에서 죄의식을 품고 학교에 다녀야 했다.

사실 나와 A, F는 학교에서도 소문난 삼총사였다. 3 대 1 싸움도 한몫했다.

어느 날, 학교 청소를 하던 중이었다. A는 심각하지만 특유의 미간을 찌푸린 상태로 "너 저번에 누구 적었냐?"라고 물었다. 청소를 하던 중이라 아무 생각 없던 나는 짝꿍이라고 말해 버렸다. A는 나에게 배신자라는 말을 뱉었고 화가 난 나는 "병신"이라는 말을 해 버렸다. 사실 의례적으로 친구들 사이에서 '병신'이라는 말을 썼지만 A에게는 쓰지 말아야 될 단어 중에 하나이다. 실제로 A는 팔이 없기 때문이다.

동네에서 제일 부자인 A는 초등학교 5학년 때 집 마당에 자기 집 소유의 탈곡기(보통 탈곡기는 빌려서 쓴다)를 돌리고 있었다. 부잡하고 장난기 많은 A가 그 탈곡기를 가만히 놓아둘 리없었던 것이다. 탈곡이 안 된 지푸라기를 꺼내려다 탈곡기 안으로 팔이 들어가 왼팔이 잘렸고, 그때 그 팔을 들고 병원으로 달리던 A의 엄마가 생각이 난다.

그 후로 A의 엄마를 볼 때마다 이상한 죄책감을 느꼈다. 병신이라는 말을 들은 A는 거의 광기에 가까운 상태로 나에게 물건을 던지고 폭언을 하고 세상의 모든 욕으로 저주를 내리려 했지만 그것이 불가능하다는 것을 알고서는 싸늘한 눈빛으로 날 본 후 사라졌다. A에게 난 배신자였고 하지 말아야 될 말을 한 겁쟁이였던 것이다. F는 나에게 사과하라고 했지만 무슨 자존심인지 도저히 그러질 못하고 중학교를 졸업하게 되었다.

서른세 살 때 A의 죽음이 알려지고 동창들이 모이는 자리에서 난 F에게 그때 내가 못한 사과를 후회한다고 기어 들어가는 목소리로 말했다.

그날 이후로 누구와도 깊은 관계로 발전하지 못했고 답답한 물과 같은 관계만 유지하려 했던 것 같다.

2/n 배신자

중학교 2학년 봄에 C로부터 난 책을 한 권 선물 받았다. 『백미러 속의 우주』란 책이었다. C는 A에 대한 나의 죄책감을 잘 알고 있었고 책을 주면서 10의 10의 29승 떨어진 곳에 우주와 동일한 우주가 존재한다고 말해 주었다. 아마 자괴감에 빠진 나에게 너와 똑같은 아이가 우주에 존재한다는 말을 하려 했던 것 같다.

그 책의 가장 마음에 드는 구절 중 하나는 "우주의 수가 하나의 우주를 구성하는 모든 원자들의 배열될 수 있는 경우의 수보다 많으면 어딘가에는 원자 배열이 나와 우주와 완전히 동일한 우주가 존재할 수밖에 없지 않는가?"였다. 그 문구는 A에 대한 트라우마에서 벗어날 수 있는 계기를 마련해 주었다.

추잡하고 배신자이며 그토록 좋아했던 친구에게 아픔을 준 나 같은 존재도 우주에 한 명쯤 더 있다는 사실에 난 내 존재를 허락했던 것이다.

3/n 황조롱이와 나

B는 동네 후배다. 그렇지만 덩치는 나와 비슷했다. B는 그래서 나와 1인자 자리를 다투었다. 언젠가 그와의 순위 대결은 단 한 번에 결정이 났다. 식물 이름으로 둘이서 말다툼을 하던 중, 내가 먼저 오른 주먹으로 그의 코를 때려 코피를 내는 순간, 그리고 B의 눈에서 눈물이 나는 순간, 그는 2인자가 되고 내가 1인자가 될 수 있었다. 거기에 매봉산을 반쯤 태운 불깡통 내기 사건으로 내 자리는 확고해졌다. 그렇지만 B는 호시탐탐 1인자 자리를 노릴 정도로 괄괄한 성격의 소유자였다.

어느 날 봄비가 내린 오후 매봉산 옆 도로로 산책을 가던 중 소나무 우듬지 바로 밑에 하얀 털을 가진 새를 발견한다. 돌과 나무를 던지자 새집이 부서지고 작고 하얀 새끼 새들이 나무를 타고 내려왔다. 그 순간, 우린 둘이서 부둥켜안고 거의 울음 직전까지 감격했다.

　그도 그럴 것이 오후 두 시 즈음 돌을 던지기 시작하여 다섯 시까지 던져서 거의 포기하기 직전이었기 때문이다. 하얀 새를 집으로 가져오는 내내 어미 매(황조롱이)는 공중에서 빙빙 돌며 우리의 걸음을 지켜보고 있었다. 모두 세 마리였다. 세 마리 중 B에게 선심 쓰듯 한 마리를 주자 B는 감격스러워했다. 부모님들은 처음엔 손사래를 쳤지만 워낙 우리가 강경했고 먹이를 우리가 책임지겠다고 했으므로 마지못해 허락해 주셨다. 그 이후로 매일 개구리 열 마리 잡는 일이 일과가 되어버렸다. 물론 개구리 잡는 일이 힘들었지만 봄이 지나자 그 하얗던 새들의 털이 잿빛으로 변했고, 방 안에서 처음으로 날개를 펴고 날았을 때 난 내가 하늘을 나는 것처럼 기뻐했다.

　B의 매도 나와 같이 날개를 폈지만 B의 아버지가 시장에서 돼지고기를 더 먹이는 바람에 나의 매보다 훨씬 건강하고 덩치가 크며 날개가 윤이 나게 자라고 있었다. 문제는 가을이 지나고 겨울이 오면서부터였다. 매의 식량 대부분을 차지했던 개구리를 더 이상 잡을 수 없기 때문이었다. 그렇다고 우리 집 형편에 매에게 사람도 먹기 힘든 돼지고기, 닭고기를 매일 줄 수는 없었다. 그때 B의 아버지가 우리를 부르셨다.

"매도 사람처럼 행복하게 살 권리가 있단다. 너희도 매와 그동안 좋은 시간을 보냈으니 이젠 자연으로 내보내는 것이 옳은 것 같다."

B와 난 대성통곡을 했지만 매를 날려 보낼 수밖에 없었다. 나와 황조롱이의 관계는 거기까지였다.

4/n 관계(친구, 매, 성적)

초등학교 6학년 여름, 근처 세 개의 초등학교가 학교의 명예를 책임질 중학교 입학시험을 치르기 전이었다. 우리 학교는 정예 요원 1등부터 10등까지 뽑아서 방과 후 시간에 공부를 시켰다. 나도 그 안에 포함되었지만 늦가을 즈음 원인 모를 열병(지금 추정해 보면 장티푸스)에 걸려 다음 해 중학교 입학시험 일주일 전까지 누워 지내게 되었다. 그리고 그해 형은 기숙사가 있는 학교로 전학을 가게 되어 형과도 이별을 한 상태였다. 입학시험 성적을 예상을 했지만 성적표를 받아들자 더욱 심각했다. 360명 중 150등 정도 되었다. 그 일은 내 일생 처음으로 공부를 열심히 하는 계기가 되었다. 월마다 치르는 월말고사에서는 성적 추월이라 부를 만큼 성적의 수직 상승을 경험했다. 100등, 70등, 50등, 25등. 그러나 그 성적이 한계였다. 중학교 1학년 11월 즈음, 난 성적이 정체 상태였다. 매월 수직 상승하던 성적은 멈춰 섰고 아무리 열심히 공부해도 20등의 벽을 깨기는 힘들었다. 그들의 벽은 단단하고 밀도 있고 원천적인 벽 같았다. 그들은 태어날 때부터 나와는 다른 이들이라 생각이 들 정도로 나에게 좌절감을 안겨 주었다.

중학교 2학년 때 봄 즈음이었다. 인구 감소로 중학교 한 곳(K중학교)이 폐교를 해서 우리 학교에 학생들이 전학을 오는 일이 생긴 것이었다. 그들은 무슨 죄를 지은 이들처럼 기가 죽어 있었고 항상 우리들에게 무언가 미안한 감정을 가지고 있었다. 전체적으로 그들을 따뜻하게 감싸 주자는 분위기였지만 난 그때 사춘기였고 키우던 매(황조롱이)도 먹이를 구하지 못해 이별한 상황이었다. 가장 나를 밑동까지 흔들었던 일은 바로 성적이었다. 그렇지 않아도 20등의 벽이 힘겨운데 100명의 전학생 중 10명만 나보다 성적이 좋아도 30등 아래로 곤두박질친다는 생각은 나에게 이상한 도발을 감행하게 했다. 난 그들 중 성적이 좋은 아이들만 골라 자율 학습 일곱 시부터 아홉 시 중간에 공터로 불러내 씨름, 격투기, 레슬링, 태권도 시합을 했다. 불려 나온 그들은 원인도 모른 채 나의 도발에 응했지만 여간해선 독이 오르지 않는 소처럼 그냥 나의 발길질, 주먹질을 방어만 하고 소극적으로 대응만 했다. 소극적인 그들의 대응을 알게 된 것은 여자친구 C 때문이었다. C는 아이들이 내가 왜 K중학교 학생들을 도발하는지 물어보기에 원래 착한 아이라고 하며 초등학교 시험 전 아픈 이야기, 형과의 이별 이야기, 매와의 이별 이야기를 해 주었다고 한다. 그들은 나의 행동을 그제서야 이해했고 그 때문에 나의 도발에 휘말려 적극적으로 응하지 않고 소극적 대응으로 일관했던 것이다. 관계의 진정성을 계측할 기계는 아직 없다. 그렇지만 진심을 듣고 이해 못 할 인간들은 없다는 걸 그때 얼핏 안 것 같다.

4. 중요한 단서

나뭇잎 밑의
아련하고 아릿하고 그리운
전생의 기억들…
미치도록 쫓아가고 싶은 느낌들
그렇지만 금방 사라져 버린다.

느낌은 같지만 다른 공간 다른 물체의 혼돈
다시 쫓아가 보지만
금방 사라져 버린다.
정말 쓸데없고 단순한 우리의 언어

1/n 아릿한 기억

어릴 적 초등학교 다니기 전 누나들은 봄 아지랑이 피어오를 때 파란 보리밭 옆 매봉산 밑으로 나물(쑥, 냉이)을 캐러 가곤 했다. 난 힘들 때 그 생각을 하며 마음의 안정을 찾곤 했다. 마치 전생의 기억처럼 너무 포근하고 아릿한 기억이고 어떤 언어로도 표현이 안 되는 장면들이다.

2/n 전생의 기억

윗동네 언덕을 넘어가면 매봉산 뒤쪽으로 오리골이라는 지명이 나온다. 배경은 초가을이고 대나무 길을 지나 C와 함께 그 길을 걷는 장면이었다. 너무나 편안하고 행복해서 전생에 한 번 살았던 곳이 아닌가 하는 생각이 들 정도로 정감이 넘치는 장면이다. 어떤 언어로도 표현이 안 되고 어떤 그림도 연상이 안 되고 또 그러한 그림을 본 적도 없다.

3/n 추억

추운 겨울, 눈이 많이 내려 거의 허벅지까지 쌓이는 장면이다. 고등학교 입학시험이 끝나고 C는 앞에서 걷고 난 C의 뒤를 따라가는 중이다. 누가 볼까 봐 멀찍이 떨어져 다가가 둘이서 만나기로 한 장소에서 난 C에게 묻는다.

"시험 잘 봤어?"

"아니, 그냥."

5. 현재 그리고 숙제

고통스러워 죽을 수 있다.
하지만 우린 고통을 죽일 수 있다.

슬퍼서 죽을 수 있다.
하지만 우린 슬픔을 죽일 수 있다.

두려워 죽을 수 있다.
하지만 우린 두려움을 죽일 수 있다.

그렇지만 더욱 고통스럽고, 슬프고, 두려운 것은
죽음을 죽일 수 없다는 것이다.

1/n 숙제와 답

초등학교 때 3 대 1 사건 이후 D는 눈에 띄게 풀이 죽어 있고 어른스러워졌으며 말수가 적어졌다. 눈빛은 항상 슬프고 두렵고 고통스럽게 보였다. D는 D를 따르는 무리와 함께 뭔가를 도모하는 듯이 보였고 이윽고 그들은 사달을 내고 말았다. 가출을 한 것이다.

물론 2주 만에 그들의 한 명인 친척으로부터 연락이 와 직접 선생님이 부천에 있는 식당에서 배달과 주방 보조를 하고 있는 그들을 잡아 왔지만, 그들은 그 사건으로 일탈을 끝내지 않았다. D의 고통과 슬픔과 두려움의 해결책은 처음엔 가출 그리고 두 번째는 자살이었다. 아버지가 없어 집이 불우했지만 행동반경이 넓은 D는 논에 농약을 한 뒤 마루 밑에 놓아둔 농약을 마시고 자살을 해 버렸다. D의 일기장엔 이런 글귀가 쓰여 있었다. 그는 이걸로 숙제를 한 것이다.

생명의 영역을 넓히면 우린
무한히 살 수 있는 존재가 된다.
하등 동물은 옛날에 죽어 있는 동물로 인식해 왔다.

그렇지만 지금은 점점 더 그 영역이
과학의 발달로 넓어지고 있다.
그렇다면 '모든 물체는 살아 있다.'라고
결론 지을 만큼 과학이 발달한다면
우린 죽어도 죽어 있는 것이 아니다.
다시 말해서 '죽음도 살아 있다.'라는
과학적 증명이 이루어진다면
생명의 영역을 넓혀서 생각한다면
우리는 죽을 수 없는 존재다.
우린 세포처럼 하나의 역할을 하고 있다.
그 존재들이 모여 지구란 세포가 되고
그 지구가 모여 우주란 세포가 되고
우주란 세포가 모여 어떤 생명체의
동력이 된다면….
꼭 움직이고 생각하고 살아 있어야
생명이라는 개념을 포기한다면
우린 광의의 생명을 얻을 수 있다.

2/n 죽음과 삶의 경계

C에게 난 죽음과 삶의 경계에 대해 물은 적이 있었다. 그때 C의 대답은 이랬다.

'현재의 생물학을 넘을 수 있는, 그리고 벗어날 수 있는 유일한 방법은 단어의 재점검에 있다. 생물체, 숫자들의 단어를 재점검하지 않으면 우린 과거 시대가 가진 인식의 한계에 부딪혀 헤어 나오지 못할 것이다. 생물체가 꼭 움직이는 것에 한할 것인가? 그 한계를 넓혀 움직이지 않는 무생물들도 생명체로 포함시켜야 되는 날이 올지도 모른다. 사실 우리도 한 생명체의 한 부분일 수도 있다.'

나중에 생각해 보니 죽은 D의 일기장의 글과 너무나 흡사했다.

3/n 얼핏 본 존재

죽는다는 것은 내가 확실하게 존재한다는 가정하에 성립한다. 나를 구성하는 요소는 정신적·육체적으로 나눠 보면 자아 정체성과 신체일 것이다.

그렇지만 자아 정체성과 신체는 너무나 가변적이고 원본이 없는 실체가 아닌가?

육체는 알다시피 원래 존재하지 않다가 원자의 결합으로 생명이 이루어지고 세포들의 성장 후 죽기 전 소멸하고 다시 원자로 돌아가는 가변적인 것이다(어느 책에선가 읽은 우주의 원자 대출 프로그램에 의해서). 정신적으로 자아 정체성이라는 것도 우린 성장과 동시에 수많은 일(교육, 종교, 환경, 건강…)에 따라 계속해서 변화하고 바뀌는 과정을 거치게 된다.

다시 말해 뒷문이 열려 있고 원본이 없는 존재라는 것이다. 그러므로 우리의 존재 본질은 변화하는 도중의 것이지 변하지 않는 고정된 그 무엇이 아니라는 이야기이다.

죽음이란 변하지 않는 그 무엇이 전혀 다른 그 무엇으로 바뀐다는 의미에 가까운데, 쉼 없이 변하는 우리가 죽을 수는 없다.

죽음도 변화의 한 과정이란 말이 더 정확한 말이 될 것이다.

6. 물아일체

봄, 여름, 가을, 겨울 계절의 주기

태양의 공전, 지구의 자전

내 몸의 심장 박동, 폐의 활동, 혈류의 흐름

내부 장기들의 움직임

우린 통제할 수 있는가?

소유함의 제1원칙이 통제 가능함 아닌가?

사실 우리가 통제할 수 있는 것은 마음뿐이다.

그렇다면 몸은 자연의 일부로서 존재하고

마음은 자연의 반대 개념이 아닌가?

다시 말해서 나 자신은 자연과 하나가 아닌가?

1/n 가장 소중한 존재

내가 말이 안 되는 질문을 던져도 조숙한 F는 꼭 알맞은 대답을 해 주곤 한다. 한번은 이런 질문을 한 적이 있다.

"너는 세상에서 누가 제일 무섭냐?"

그랬더니 F는 두말 안 하고 바로 자기 자신이라고 했다. 그 이유는 나에게 가장 소중한 것은 목숨인데 자신이 가장 빨리, 언제든 그 목숨을 거둘 수 있는 존재라 그렇다는 것이다(자살, 상해). 그래서 나를 잘 관리하고 통제하고 절제해야 하고, 무엇보다도 나에게 잘 대응해 주어야 내가 잘 살 수 있고 무섭지 않게 된다. 그리고 나 자신은 자연과 연결되어 있는 몸이며 그 둘은 둘이 아니라 하나라고…. 그리고 나를 소유한다는 생각은 버려야 두려움에서 해방된다고….

2/n 1980년 6월, 수업과 하나 된 날

초등학교 4학년 때의 일이다. 선생님은 항상 우리에게 시골 학교 학생이라는 열등감을 심어 주려 노력하는 분이었다. 한

번은 과학 수업을 시작하기 전에 오늘은 좀 평소보다 수준 높은 수업을 진행하고 수업이 끝나면 시험을 치를 테니 열심히 집중해서 수업을 들으라고 했다. 그때의 몰입은 아마 시골 학교에 다니는 열등감을 벗어나기 위한 몸부림으로, 지금도 한 번씩 위기의 순간에 작동하는 동인으로 남아 있을 정도로 인상적이었다.

시험을 보았다. 우린 주관식 문제에 거의 혼란 상태였고 채점 결과를 90점부터 확인했다. 80점, 70점은 아무도 나오지 않았지만 60점으로 내가 1등을 차지하게 되었다. 난 평소 5~6등 사이 성적이었는데 그날 처음으로 1등을 하게 된 것이다. 수업과 내가 일치된 그날은 난 아직도 내 삶의 큰 자산으로 남아 있다.

3/n 타자와의 공감

내가 아는 사실과 정보, 지식을 타자에게 전달했을 때 타자가 이해를 못 한다면 그 책임은 나에게도 있다.

무엇인가 알고 있는 내용을 타자에게 전달하는 것은 타자에게 그 내용을 정확히 전달한다는 의미까지 포함된다.

그것은 타자와의 연결성 때문이다. 연결되지 않은 타자는 타인이라 제외하더라도 일부분 연결된 타자(공감)는 본인의 일부분이기 때문이다. 본인의 일부가 모르는데 어떻게 본인이 알고 있다고 말할 수 있겠는가?

그 수행에 실패한 지식은 본인도 정확히 알고 있다고 볼 수 없는 지식이다.

7. 픽션작가

난 작가라는 생각을 버린 적이 없다.
많이 알고 많은 지식을 섭렵해서가 아니다.
내가 완전하지 않은 인간이고
그래서 물어보고 의문을 제기하고 그래서 배운 내용을
정확히 서술하려고 항상 노력할 뿐이다.

나만의 계측기는
왜곡되고, 불공정하고, 틀린 부분에
끝없이 의문을 제기하며 더듬는 역할을
수행하기 위한 도구로서만 존재하려 한다.
물론 그 계측기도 나의 범위 안에서만
머물겠지만 그래서 난 더욱 그 계측기를
공정하게 다루려 원칙을 세워 놓았다.

그중 가장 큰 원칙은
글을 쓰는 방법을 배우지 않는 것이다.
투박하면 어떤가?
거칠면 또 어떤가?
문법이 맞춤법이 틀리면 또 어떤가?

글이 아무리 세련되고 능수능란할지라도
세상을 바라보는 통찰력과 그 글이 가진 원래의
취지에서 벗어난 오염된 물질들이 있다면
아무 소용이 없다고 본다.

차라리 그럴 시간에 세상을 바라보는
정확한 시각과 가늠자를 만드는 일에
매진하는 것이 가치 있는 일이라 본다.

책을 써서 판매한다는 일은
모든 원칙 중 가장 위험한 일 중 하나이다.
우선 독자들의 욕구, 출판사의 요구, 작가의 명예욕
이 세 가지는 작가의 정확한 계측을 방해하는

가장 큰 방해 요인이다.

책 판매가 생계와 연결된다면 그것은
쓰지 않는 이유가 쓰는 이유보다 더 절실해지는
상황에 다다르게 된다.
모든 장르를 무시하고 모든 지식인의
절필을 요구하는 대담하고, 공정하고,
왜곡되지 않는 글들을 난 쓰려고 한다.

1/n 미래의 직업

중학교 졸업 후 난 광주에 유학을 가기로 결정했고 누나 집
에서 학교를 다녔다. 고등학교 1학년 때 생활은 지옥이나 다름
없는 시기였다. 처음으로 집을 떠났고, 학교와 음식이 바뀌고,
친구도 바뀌었다. 이런 경험은 태어나서 처음이었다. 게다가
큰누나는 막내인 내 생활 습관을 고쳐 보겠다고 아침부터 저
녁까지 트집을 잡았고, 음식은 입에 맞지 않았다. 학교 수업은
너무 길고, 분위기는 너무 험악했다. 범주골 서방사거리에 위

치한 학교로, 그 근처는 알 만한 사람은 다 아는 깡패 조직의 본거지였다. 아침엔 누나의 잔소리, 저녁에는 순위 다툼이 이어졌고 그 뒤엔 적응기가 찾아왔다.

그러던 어느 날, 윗방 문 쪽에서 비명과 함께 조카 두 녀석이 튀어나왔다. 평소엔 조용하다가도 술을 마시면 폭력적으로 변하는 매형의 술버릇이 나온 것이었다. 아이들을 내보내고 오디오 소리를 키우고 방문을 잠근 뒤 누나를 폭행하려는 것이었다. 그전에도 몇 번 그랬는지 조카들은 자세히 나에게 설명했다. 난 그 윗방으로 바로 튀어 들어가 매형과 담판을 지으려 했지만 역부족이었다. 주먹으로 정수리를 얻어맞은 나는 순간 정신을 잃었고 몇 분 뒤 정신을 차리고 집을 뛰쳐나와 버렸다. 늦가을 밤은 너무 추웠다. 갈 데가 없었던 나는 학교로 갔다. 교실이 너무 추워 운동장을 돌며 날이 새기를 기다렸다.

다음 날, 누나는 학교에 가방을 가지고 왔고 난 그 뒤로 독서실 생활을 해야 했다. 그때 난 C를 고등학교 입학하고 처음으로 보게 되었다. 같은 서방사거리에 있는 K상고에 다니고 있었다. 그녀도 학교에 적응이 안 되었는지 많이 힘들어 보였고 얼굴도 핼쑥해 보였다. C는 그때 처음으로 D와 사귀었던 이야기를 해 주었다. 사실 C와 D는 중학교 때 사귀고 있었고, 나와 C는 보다 조숙하고 영리하고 성적도 상위권이었다. 그들은 물리학, 삶과 죽음에 대한 이야기를 많이 나눴다고 했다. 나중에 알았지만 C가 나에게 선물로 준 책은 D가 C에게 선물했던 책이었다. C는 나에게 꿈이 무엇이냐고 물어보았고 머뭇거리는 나에게 픽션 작가가 되어보면 어떻겠냐고 말했다. 실제로 있었던 사건을 기반으로 소설을 써 보고 편견 없고 가감 없는 소설을 써 보면 어떻겠냐는 것이었다. 난 무언의 허락을 했고, 그 뒤로 꿈이 무엇이냐 물으면 '작가'라고 대답하게 되었다.

2/n 작가(불한당, 한량, 자화상, 밉상)

당신은 학벌과 지능이 나보다 좋고 성능이 좋은 뇌를 보유하고 있다.

그렇지만 난 당신을 능가한다.

모든 면에서.

당신처럼 성능 좋은 뇌를 가진 친구들을 능가한다. 난 언제든 마음먹으면 사용할 수 있는 관계 역학과 공감 능력 그리고 학교에서는 가르쳐 주지 않는, 얽매이지 않은 유연한 지식을 보유하고 있기 때문이다.

그리고 당신이 높은 지능을 분산시키는 세상의 일들을 처리하는 동안 난 한 차원 위에서 당신들을 연구하는 일에만 몰두한다.

사실 난 직접 무언가 실질적인 일을 한 적이 없다. 아마 앞으로도 없을 것이다. 숟가락으로 밥 먹는 일 외엔.

아니다!
숟가락으로 먹지 않는다. 국물의 염도가 걱정되어 국도 젓가락으로만 먹는다.

시와 작가

얼핏 본 존재

50년 동안 멍 때리다
정신이 들어온 느낌

50년 동안 아프다
통증이 사라진 느낌

눈은 맑고 밝으며, 정신은 또렷하고 다리·배·팔 신체 모든 부위가 근육으로 가득 차 있고, 어떤 누구와 논쟁을 하고 육체적으로 부딪혀도 충분히 머리로 육체 방어하고 제압할 수 있는 자신감이 충만하며, 어려워서 1장 넘기기 힘들던 『의지와 표상』도 단번에 10페이지를 넘겨 버린다(벌써 2번 읽어 버림).

위장은 편안하며 하루 종일 먹지 않아도 고프지 않고 호흡은 안정되고 길며 더 깊어진다.

50년 동안 괴롭혀 왔던 콤플렉스는 없어지고 오히려 그 콤플렉스가 나의 장점으로 다가온다.

50년 동안 괴롭혀 왔던 피해 의식은 지금 이 자리에 있게 한 원동력으로 인지되며 이 자리에 오기 위한 과정으로 확신한다.

오직 지금 걱정스러운 것은 오늘이 빨리 지나가지 않나 하는 것이다.

오직 지금 걱정스러운 것은 지금의 상황이 바뀌지 않을까 하는 것이다.

그렇지만 그 걱정도 잠시…
그동안의 경험으로 충분히 인지하며
충분히 그다음을 품고
그다음을 인정할 수 있다는 것이다.

사실 그다음을 인정하지 않아서
나의 모든 고통이 시작되었다고 해도

과언이 아니다.

그다음에 고통이 올지 기쁨이 올지 하는 생각, 아니면 죽는다는 것은 무언가 존재하는 것이 아니라 아예 존재하지 않을 것 같다는 생각이 날 괴롭혀 왔다.

그러나 지금, 오늘만큼은 그다음이 충분히 존재하리란 확신에 차 있다.

지금 현재의 충분한 존재감은 다음 그리고 내일의 충분한 존재감에 대한 확신으로 다가온다.

물론 그 존재가 지금과 다른 형태로 존재하더라도 그 형태를 이해하고 인지할 수 있는 지금이 있다. 미래와 현재가 연결되어 있고 시간은 지나가는 것이 아니라 공간과 같이 존재한다는 걸 얼핏 알 것 같다.

세 번째 책

대부분의 바보들은 자기가 바보라는 것이

증명되지 않았기에 보통 사람들과 아무렇지 않게 섞여 살

수 있지만

난 책 두 권을 통해

완벽히 바보라는 걸 증명했기에….

바보가 아니라는 것 증명하려

세 번째 책을 쓸 수밖에 없었다.

부디 이 책으로 조금이나마

바보가 아님이 증명되길 바랄 뿐이다.

군더더기

거품, 군더더기, 본질을 벗어난 것들을 여태 난 멀리해 왔다.

하지만 지금 와서 생각해 보니 그런 나의 모습이 책은 읽지
않고 그 책의 요약본만을 보는 사람과 흡사한 것 같다.

인생이란
무수한 거품, 허세, 군더더기, 지름길 외
둘레길이 모여
풍성해지는 것이다.
그것들을 제거한 본론만을
보려 한다면 그 인생은 말라 죽는
나무와 다를 것이 없을 것이다.

군더더기를 제거해

뼈대는 세우되 삶은 군더더기로 가득 채워야
풍성한 인생을 살 수 있다는 생각을 한다.

작가

몽환적이고

한 번 경험했음직한

과거의 기억

그런 느낌을 표현하는데

한계가 있는 언어들

그게 당연하다는 생각

그렇지 않다면 행동하고 느낄 필요가 없지 않은가?

그냥 그 언어를 소화하면 되니까!

어제 그 꿈속의 야릇한 느낌 정말 슬프지도 기쁘지도

좋지도 나쁘지도 않은….

야릇하지만 꼭 다시 경험하고픈 그 느낌은

도대체 무엇일까?

그 언어를 찾으려 난 이 세상에 태어난 것 같다.

3無

불암산 석천암에서 마신 약수
전날 〈시네마 천국〉 OST 들으며
돼지 수육에 마신 소주 못지않게 맛있다.

안주도 없고 음악도 없고 옆에 술친구도 없는데

그 약수가 술자리의 없어서는 안 될
3有*도 없고 3無**만 있는데도 맛있는 이유는

이건 내가 벌써 유에서 무로 진행 중 무에 더 가까워졌다는
증거가 아닐까?

---

* 3有: 술, 친구, 노래
** 3無: 무색, 무취, 무향

한낱 사피엔스

영리한 자의 멍청한 행동
멍청한 자의 영리한 행동
멍청하다.
영리하다.
외 개념을 광의적으로 미시적으로
원거리, 근거리, 시대적으로 나누어
생각해 보면….
누구나 영리하고
누구나 멍청하다는
말을 들을 수밖에 없다는 것을 알게 된다.

공간 그리고 현재

과거와 미래는 시간이란 조건만 갖추면 되지만
현재는 시간 외 공간을 갖추었기에
행동으로 움직일 수 있다.
취할 수 있는 모든 것은 행동이 뒤따라야 하므로 현재는 중
요한 것이다.

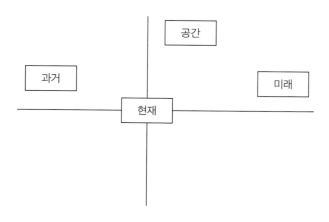

현재란 없다

우리는 항상 과거를 보고 있다.

우리가 눈으로 보고
뇌에서 인식하는 순간
이미 과거다.

그것은 눈에서 뇌로 가는 시간이 존재하기 때문에
눈으로 보는 시점과 뇌가 인식하는 시점이
일치하지 않기 때문이다.

엄밀히 말해
우린 항상 과거에 살고 있다.

예지력도

현재의 감각으로 받아들여야 하는 이유가
여기에 있다.

죄수

유산 중 유전자의 비중이 가장 크다.
재산은 사인 한 번이면 날릴 수 있지만
물려받은 유전자는 죽기 전까지
남에게 양도가 안 된다.
물론 안 좋은 유전자도 마찬가지다.
사실 우리의 인격 수양의 본질은
사회적 합의로 만들어 낸
도덕적인 인격체와 물려받은 유전자를
페르소나와 일치시키는 작업이다.
물려받은 유전자가 자신의 페르소나와
거리가 너무 멀어서 힘들어하는 사람들이
다름 아닌
죄수들이다.

장례식을 치르고

엄마 장례식을 치르고
조의금을 7형제 그대로
n분의 1로 나누었다.

각자 갚아야 될 돈인데
왜 n분의 1로 나누느냐?

돈을 버는 능력은 각자
다르게 유전자로 물려받았다.

그렇지만 엄마는 n분의 1로 모두
나눠 주고 싶은 마음일 것이다.

엄마는 똑같이
용돈을 주고 싶었을 것이다.

철학자

정치가는
그 자리에서 꼭 필요한 말을 하는 사람이고

작가는
어떤 자리에서든
자기가 하고 싶은 말을 하는 사람이며

철학자는
사람들이 알고 싶어 하는 것을
알지 못하게 설명하는 사람들이다.

외로운 시골 소년

누나와 형이 떠난 집에 혼자
시골집 토방에 누워
신문지로 도배한 글자를 다섯 자씩 손가락으로 세다 잠이
든다.
외롭다는 건
할 수 있는 일이 한정되는 일일 것이다.

가장 많이 울었던 날

엄마 장례식이 끝나고
그동안
잃어버린 내 사진을
엄마 방에서
발견하던 그날 밤

새로운 경험과 힘

고향에 있는 고향 집만 그리워하면 곤란하다.

우린 매번 시작을 준비해야 되고 새로운 공간과 시간을 경험해야만 하는 존재이기 때문이다.

마지막으로 이별을 준비해야 하는

임종 때, 우린 새로운 공간을 경험할 수 있는 힘을 길러야 하기 때문이다.

변명 궤변

어떤 과거든 최선을 다한 것이다.

결과물에 대한 판단은 시점과 공간, 시간에 따라 달라지기 때문에 의미가 없다.

현재는 과거 선택의 연장선에서 또한 최선을 다하기 때문에 미래에서 본다면 그 또한 최선을 다한 것이다.

우린 항상 최선의 선택을 한다.

생명력과 영원성의 관점이 아닌 과거의 맥락 속에서….

현재란

과거에 한 최선의 선택에 대한

투쟁의 산물이다.

여유로운 저녁

저녁 일곱 시 수영 후
불암산을 보며 아내를 기다린다.
어스름한 저녁에 공원 아이들
뛰어노는 시간에
모기도 한 모금 빨려고 팔에 붙는다.
여유롭기가 모기에게 피 한 모금 주고 싶을 정도다.
20분 기다리면
보통은 화를 내고 날카로운 말 한마디 하는데
오늘은 웃으면서
아내의 샤워실 좁다는 이야기를 들어 준다.
여유롭기가 '매월 오늘 같았으면' 하고
되뇔 정도다.

우애

형제간의 우애란 원래 없는 것이다.
있다고 착각할 뿐
주었다가 뺏길 때까지
누리는 감정이다.
처음 어릴 적엔 멋모르고 우애라
생각하지만 언젠가 그 감정이
착각이라는 것을 알게 될 때
우린 부질없는 짓을 했다는 것을
인정하게 된다.

엄마의 목소리

"아야, 물 여기 있다."
매년 똑같은 꽃이 피어나지 않듯이
엄마가 부르는 것 같은 누나의 목소리다.
그래도
그런
누나의 목소리를
난
그리워한다.

시간

시간은 단절되는 것이 아니다.
물처럼 공기처럼 떠다니며
어느 공간을 차지하는 것이다.
우린
시간을 소비하는 것이 아니라
경험하는 것이다.

글쓰기

머리가 쩡해지며
눈 옆에 무언가 자리를 잡고
눈앞에 눈이 자리 잡아
글쓰기를 진두지휘한다.

난 그냥 뒤에서
그가 하는 일을 지켜보고
주위의 방해받은 일들을
치워 줄 뿐이다.

행복

비가 갠 뒤의
하늘의 잠자리
작은 방의 피아노 소리

주방의 밥 짓는 소리

막내가 거실에서 모형 비행기 만드는 소리

그리고
서영은의 〈내 안의 그대〉

훼방꾼

코는 맑은 공기로 숨을 쉬게 해 주고
입으론 좋은 음식을 주고
귀론 좋은 음악을 들려주고
눈으론 하늘의 무지개를 보도록 했으니

제발
나의 육신이
나의 정신이 하는 일을 방해하지 않기를….

무신론자의 의문

1차원에서는 2차원을 보지 못한다.
그렇지만 2차원은 존재한다.

3차원에서는 4차원을 보지 못한다.
그렇지만 4차원은 분명 존재한다.
보지 못하지만
수많은 사람이 존재를
인정하는 것 중 하나가 신의 존재다.
점이 없다면 선은
선이 없다면 면은
면이 없다면 입체는
입체가 없다면 공간은
공간이 없다면 시간은 죽어 있는 존재이다.
반대로 시간이 없다면 공간은 죽어 있는 존재이다.

시간을 신에, 공간을 인간에 대입해 보면
신이 시간이 될 수도 있다는 가정이 완전히
틀린 가정이 될 수 없다는 결론이 나온다.

욕망

인생의 모든 것을 다시 정립하고 싶다면
그럼 이것은 다시 살고 싶다는 다른 욕망의 표현이 아닌가?

나도 그 문장의 문란한 그들과 한통속이 아닌가?

그 쉬운 문장을 이렇게 어렵게 쓰고 있는 것은
살고 싶다는 말이 아닌가?

악의 디레일 조사

모든 문제의 시발점은 가치 부여를 할 때부터이다.
사물의 옳고 그름 순위를 정하는
행위는 지배자가 피지배자를 다루는
가장 쉽고 효과적인 방법이다.
원래 언어는 그런 가치 요소는 들어가 있지 않았다.
그것은 순수하게 그 사물을 명명했을 뿐이다.
명사의 가장 큰 적은 사실 조사이다.
문장에 생명력을 불어넣고 살아 움직이게 하는
그 조사야말로
이 세상의 존재하는 악마의 첨병이다.

가장 무서운 존재

세상에서 제일 무서운 존재는 나다.
나에게 가장 소중한 것은 목숨인데
가장 빨리 언제든
그 목숨을 거둘 수 있는 존재라 그렇다.
나를 잘 관리하고
나를 잘 관찰하고
나를 잘 절제하고
무엇보다 나에게 진실하게 잘 대해 주어야
내가 잘 살 수 있다.

외롭지 않다

나무는 짧게 산다.
그렇지만 숲은 오래 산다.
숲은 나무들이 모인 곳이다.

사람은 짧게 산다.
그렇지만 인류는 오래 산다.
인류는 사람들이 모인 곳이다.

나무와 사람은 짧게 산다.
그렇지만 지구는 오래 산다.
지구는 사람, 나무 그리고 나머지가 모두
모이는 곳이다.

행복에 대한 조소

행복이 최고의 가치라면
광인, 약쟁이, 알코올 중독자들은
다 어떻게 설명할 것인가?

관심사

깊이를 생각하는 사람들은
대중들의 입맛에 맞는 이야기를
할 줄 모른다.
그들은 공간에 일어나는 현상들에
관심을 기울일 시간에 깊이에 대한
관심을 늘려 놓았기 때문이다.

영웅

이순신이라는
인물의 동기 부여된 감정을 n분의 1로 나누면
결론은 0이 된다(n이 전쟁에 참여한 병사들).
결국 영웅도 환경, 주변 인물, 유전자에 의해
만들어졌다는 것이다.

다시 말하면
'우리에게 생각하는 영웅은 없고 시대적인 요구가 있을 뿐이
다.'라는 이야기다.

회피

술을 마시는 것은
그 당시의 맑은 정신을 계속해서
유지하기 어렵다는 절망감과 유한성에
대한 반대급부이다.

마치 행복해 보지 못한 사람이
막상 행복한 상황이 두려워 뛰쳐나오는 것과 같이….

마치, 어차피 죽는다는 것을 아는 인간이
사는 게 두려워 자살하는 것과 같이….

사실
그것은 비겁한 자의 영혼과 패배자의 정신과 하등
다를 바 없다.

여태 두려워 술을 마셨다면
지금부터 맑은 정신으로 두 눈 똑바로 뜨고
행복을 쟁취하고
두 눈 똑바로 뜨고 맑은 정신으로
죽음을 맞이하리….

다른 이름의 유신론자

뭔가 확신을 가진 자
원칙이 있는 자
그들은 보이지 않는 뭔가를 믿는 자들이다.
보이지 않는 뭔가를 믿고
혼자 있을 때 원칙과 신념을 지키는
모든 이는
유신론자의 다른 전형이다.
보이지 않는 그 무엇은
다른 이름의 신들이기 때문이다.

한 번뿐인 일들

한 번도 경험하지 못해 본 일
그리고
아주 어색한 상황
사실 우리가 느낌이나 감정에 속아서
경험해 본 것 같고 익숙한 것 같이 느끼는 상황일 뿐이지
경험해 본 모든 일이나
앞으로 있을 모든 상황은
우리가 한 번도 경험해 보지 못한 상황이다.
사실, 우린
어색한 상황에 전혀 당황할
필요성을 느끼지 않아야 된다.

수직적인 홍콩인들의 눈

그들의 눈빛은 여러 사람이 모여서
여행을 가던 중 가장 역동적이고 앞에 나서길
좋아하는 사람들을(영국인) 바라보며
그들이 잠시 있다가 사라지는 존재들이라는 걸 알고서 다음
무대를 차분히 그리고 진지하게 기다리는 사람들 같았다.
수평적이 아닌 수직적이고 그윽하고
깊이를 가진 그들의
눈빛이 매력적이었다.

자본주의 수행

돈을 벌기 위해 정신을
가다듬고, 쓸데없는 지출을 줄이고
항상 마음가짐을 한곳에 집중하고
근검절약을 생명처럼 지키는 일이
절간에 앉아 면벽 수행하는 일보다
매일 새벽 기도하는 일보다
어찌 더 못한 수련이라 말할 수 있겠는가?

지배와 종속의 자식들

- 영원성, 항상성, 일관성

영원성, 항상성, 일관성에

중독된 인간들은

역사를 만들고

그 역사란 이름으로 현재를 병들게 한다.

현재는 결코 일관되지 않고

그 일관이란

단편적인 면으로 인지할 수 없는 부분이다.

모든 차원을

고려한 현재라면 일관성이란

단세포적인 인지력으로

설명이 안 될뿐더러

현재를 왜곡할 따름이다.

현재는 비선형적인 중구난방, 어불성설, 난맥상…

이런 단어들의 조합이며

그냥 대응할 뿐

어떤 질서에 의해 움직이고 대응해서는 안 된다.

질서가 있다면 무질서의 질서이며

일관성이 있다면 무일관성의 일관성일 것이다.

누군가를 지배하고 종속시키려면

가장 먼저 요구해야 할 것 중의 하나가

일관성 있는 질서란 걸

우린 이미 알고 있다.

좋은 컨디션

좋은 컨디션의 장점은 현상의
항상성* 유지에 있다.
그렇지만 근본적인 변화를 추구할 때면
좋은 컨디션은 도움이 되지 않는다.
좋은 컨디션은
항상성을 유지할 뿐
근본적으로
새로운 환경을 이해하지 못하게 하며
극도로 새로운 환경을 싫어한다.

---

* 항상성: 생명력 유지의 첨병 역할.

자본주의 프로토콜

자유를 얻고 싶다면 돈을 벌어라.
이 사회에선 돈이 최고의 자유를 보장해 준다는
게임의 규칙을 갖고 있다.
종교, 마음의 수행, 수련을 통해
자유를 얻을 수 있지만 극히 제한적이고
개인적인 자유만 보장해 줄 뿐이다.
그것을 인정하지 않는 자는
위선자이며 궤변론자일 뿐이다.
그런 자들은 글을 다 읽고
맞춤법이 틀렸다고
그 글을 비판하는 자들과 다를 바 없는
세상에 쓸모없는 자들이다.

해석

물리학으로 자연을 해석한다는 말은
겸손하지 못하고, 무지한 발상이다.

자연과 물리학은 전혀 상관이 없고 단순히 인간들이 자연
을 물리학으로 해석하고 싶을 뿐이다.

철학

세상을 명확하게 보고 싶다면 물리학을
세상을 어스름하고 멋있게 보고 싶다면 문학을
세상의 쾌락을 맛보고 싶다면 경제학을
세상을 아무것도 배우지 못할 각오로 접근한다면 철학을 배
워라.

무신론자

상대성 이론과
양자역학을 배우고 익히는 시기에
아직도 절대적인 진리를 내세우는
뉴턴적 사고가 있다니! 믿을 수 없는 일이다.

하고 싶은 일

뭔가를 목적하고
뭔가를 이루기 위해
숨을 가다듬고
그 결과를 모두 예측한 상태에서
또 그 결과를
모두 수용하겠다는 자세로 임하는 것.
그리고 행동 뒤의 잔심을
전혀 남기지 않고 뛰어드는 일.

그 자리에

추억이 추억을 소환한 자리에
죽음이 삶을 소환한 자리에
난,
남김 없는 삶의 부유물을 내려보낸다.
그것은 후회와 희망이다.

두려움

우리가 정말 두려워하는 것은
죽음이나
공포스러운 감정이 아니다.
그 감정을 감당할 수 없겠다는 느낌 때문에
두려운 것이다.
어떤 감정이든
있는 그대로 왜곡하지 않고
맞이하고 감당하는
사람은
그래서 용기 있는 사람이다.
주위에 그런 사람이 있다는 것은 참으로
행운이다.
감정의 왜곡을 막아 준 그 사람을 통해서
왜곡되지 않는 감정이

왜곡되지 않는 현실을 만들고

왜곡되지 않는 행복을 가져다주기 때문이다.

공산주의자

- 5줄 소설*

25년 전, 난 8명의 영업팀 팀장이었다.

학교 졸업 후 팀원 모두 뭔가를 찾으려 도시에 왔다가 가질 수 없는 무언가에 갈증을 느끼는 20대를 보내고 있었다.

나도 그중 하나였다.

뭔가를 그들에게 주고 싶었던 나는 영업 실적을 팀원들 순서대로 나눠 월급을 똑같이 맞추는 작업을 했다.

각자 다른 일을 하는 그들은 25년이 지난 지금도 날 형이라 부르며 깍듯이 대해 주고 그때 일을 추억하며 새벽까지 술 마시며 깔깔대며 웃는다.

---

* 5줄 소설: 다섯 문장으로 이루어진 짧은 소설로, 저자가 고안한 새로운 장르이다.

모진 모정

- 5줄 소설

오직 피붙이 큰딸의 하루하루 먹을거리만 생각하던
어느 날 어린 시누이가 굶어 죽은 걸 발견한 엄마는
그때, 어린 고모가 눈에 보이지 않더랍니다.

자식들이 보내 준 돈이 아까워 아버지에게 모진 말을 했던
날, 아버지가 1년 동안 참았던 술을 다시 드시다 길거리에서
돌아가시던 날
그때, 엄마는 절대 그 말을 후회하지 않는다고 합니다.

시내 고등학교에 간 막내아들을 큰딸 집에 맡겨 놓았더니
영양실조에 걸렸다는 걸 안 엄마는
그때 이후 20년 동안 큰딸의 집에 발길을 끊어 버립니다. 엄
마는 그 일을 잘했다고 생각하십니다.

어머니 팔순 즈음 항상 죽은 고모 이야기로 눈물 흘리던 작은아버지와 아버지의 죽음을 슬퍼하는 자식들…. 큰딸이 왜 그럴 수밖에 없었는지를 아는 막내의 이야기를 모두 꺼내 들으려 합니다.

오늘도 엄마는 나에게 빼놓지 않고 밥을 먹었는지 확인합니다.

성묘

계절의 잔인한 장난에 허리를 굽신 굽힌
저 천덕꾸러기 벼들처럼
아버지도 여지없이 세월의 찬 서리에
허리를 앞으로 굽혀 산소로 발을 옮깁니다.

그 뒤로 세월에 말뚝을 박을 것처럼 건장한
아들 넷이 따릅니다.

둥글고 곱게 단장된 묘지 밑으로
가장 걸출해 보이는 솔잎이 꺾이고
이윽고
아버지와 아들 넷이 절을 합니다.

끝나고

돌아갈 즈음
아버지의 손에 쥐여진 소주잔에서 소주만큼이나
맑은 아버지의 눈물을 보았답니다.

실마리

깊고 긴 잠이 사람의 마음을
길게 늘어뜨리고 여유롭게 한다.

이렇게도 간단하게 풀릴 일인 줄 전엔
왜 몰랐었지

순간순간의 어려움이
이렇듯 단순하게 풀린다는 걸 왜 생각지 않았을까!

모든 일이 혹시나 다 이렇게 풀리는 건 아닐까?

눈

하늘에 발 디딜 곳이 없어 그냥 내려오는구나.
그래 내려오려무나.

내가 너를 위해 해 줄 건 없지만 네가 내리는 그날은 세상이
마냥
풍요로워지는구나.

세상이 검을지언정
너의 흰옷은 더럽히지 못하리.

초라한 시골 담장 위에도
도시 한쪽의 천막과도 같은 집 위에도
그나마 넌 그들에게 풍요로운 사치를
느끼게 하려무나.

모자이크

하루가 길게 느껴진다는 건 당신이
무엇인가에 흥미를 잃었다는 것이오.
그것이 무엇이든 간에 일단은 회의가 오는 건
당연한 일 아니겠소.

그럴 땐 하루를 모자이크처럼 메울 수 있는
그런 일을 찾아봐요.
물론 처음엔 힘들겠지만
그것에 익숙해지면 멋진 모자이크처럼 당신도
그런 인생이 되지 않을까요.

아버지

당신이 없는 날 난 눈물을 흘렸소.
참 이상도 하지요.
난 당신 때문에 눈물을 흘리리라.
생각도 못 했는데

당신이 없는 이 집은 말이 없어
고개를 숙이고 힘마저 빠져 버렸소.
주인이 없어서일까요?

당신이 술에 기뻐했을 때 난 당신의 아들임에
고개를 돌렸소.
나도 그 사람들과 같은 생각을 했기 때문일 테지요.
그런데 참 이상도 하지요.
당신이 피를 토하던 날

다른 사람은 멀쩡했지만
난 내가 피를 토하지 않는 것이
부끄럽고 이상스러웠소.
조용히 하늘을 보며 그 옛날의 당신이
아니라는 것을 알게 되었을 당신을 생각하면
나도 당신의 젊은 날로 돌아가고 싶소.
그저 조용히

작가

우주에 떠 있는 별 하나와 또 다른
별들 사이에 가느다란 실로 이어 놓는다.

그리고
뒷짐 지고 서서 그 실의 떨림을
지켜본다.

마침내
나만의 가늘고 떨림에 아주
민감한 실을 만들어
별들 사이에 걸어 놓고
팔짱 끼고 서서
나의 모든 관심사를 그 줄로 제한한다.

시간과 난제

어려운 일, 난해한 문제는
시간을 지렛대 삼아 기다렸다 넘어가야 한다.

어려운 일, 난해한 문제는
시간에 분해되는 요소들이다.

시간에 분해, 용해되지 않는
난해한 문제란 없다.

궁극적으로 난해한 문제는
죽음인데
시간이 죽음을 용해시키기 때문이다.

유유한 삶

가을이 가면 겨울이 오고
겨울이 가면 봄이 온다.

비가 오면 우산을 쓰고
비가 그치면 우산을 갠다.

오늘이 가면 내일이 오고
삶이 지나면 죽음이 온다.

지금의 상황을 다른 사람이 보듯이
평상심과 초연함을 유지하려 한다.

한발 물러난 듯한, 그렇지만
절대 현실을 피하지 않는다.

비 오고 다투고

날은 우중충하고 기분은 한없이
침잠되고 아이들은 다툰다.

이럴 때 지혜를 구하고
이럴 때 타이르고
이럴 때 왜 다투는지 따져 묻고
이럴 때 시비를 가르고
무슨 소용이랴!

이런 날은 윗몸 일으키기 50번 하고
따뜻한 물에 샤워를 하는 것이
그 어떤 대화보다
현명한 것을

여백

뒷산을 오르던 중 하염없이 이어지는 길을
따라서 걸어가다 소나무 사이로 하늘이
보이는 광경을 보게 되었다.

어릴 적 시골집 앞 덤박산 끝 소나무
사이로 보이는 그 빈 공간, 푸른 하늘이
보이는 그 공간을 얼마나 동경하였던가?

그 공간을 지금에 와서
다시 보고 다시 느끼고 똑같은 감정을
갖게 된다는 것이
고맙고 신기하기만 하다.

지금도 난 그 여백에 대한 열망을
열렬히 소중히 간식하고 있었던 것이다.

선택

사람이 두려움을 느끼는 것은
미래를 생각하기 때문이다.
미래가 보이지 않고 미래를 생각하지 않는 사람은 그래서 막
살게 되며
두려움이란 없어 보인다.

또 다른 우린 두려운 미래를 잊으려 술을 마시고
여자를 탐하고 속도를 즐기며 쾌락을 통해
잠깐 두려움을 마취한다.

또한 미래의 연속성을 보장받으려 종교를 찾는다.

모두 본인의 선택에 따라 이루어진다.
그 누구도 이 문제를 생각하고 있는 사람에게

선택을 강요할 수는 없다.

우리 모두 미래가 아닌 현재를
살고 있기 때문이다.

공감

숨 쉬는 것은 사람이 살아가기 위한
필수적인 일이며
자연스러운 일이다.

들이마시고 내쉬고….
공기 중에
떠도는 자유로운 산소들을 우린
공유하며 숨을 쉰다.

마찬가지로 우린
상대방의 생각과 본인의 생각을
공기 중에 있는 산소처럼
떠다니는 사람들의 생각을
들숨처럼 받아들이고 날숨처럼 자기의
생각을 남들에게 표현해야 한다.

존재의 조건

존재한다는 것은
일시적이며
상대적이고
조건적이라는 전제하에 이루어진다.

모든 것은 사라지고 죽는다.
우리는 잠깐 존재하며 사라지고 소멸하며 죽어 가는 모든
사물과 마주치고, 대면하고 있을 뿐이다.

우린 움직이며 단지 스쳐 가고 있을 뿐
가만히
고스란히
존재하지는 않는다.

비움

시간
몸
마음
을 항상 비워 두어라.

기회가 왔을 때
그 기회가 시간과 몸과 마음에 스며들 수 있도록

기회는 항상 오는 법
그것을 잡느냐 못 잡느냐는
순전히
온전히
본인의 몫으로 남겨 두어라.

시간여행

꼭 공간을 멀리 이동하여 여행을 할 필요는 없다.
살아 있음을 확인하기 위해서라면….

시간을 이동하여 새벽녘 비 온 뒷산의 어스름한 안개, 아침
을 깨우는 종달새 소리

귀밑머리를 간질이며 상쾌하게 불어오는 산들바람은
시간여행의 선물이다.

내가 이 세상의 주인이며 이 시간을 지배하는 유일한 혼자
라는 사실을 확인시켜 주는 이 시간은 온전한 나의 것이다.

이 시간은
왜

무엇이
어떻게라는 물음이 존재하지 않는 곳이다.
그냥 내가 이 시간과
호흡하고 존재할 뿐이다.

귀밑머리

산들바람을 난 좋아한다.
산들바람을 가장 미묘하고
기분 좋게 느끼게 해 주는
나의 신체 부위는 귀밑머리다.

바람이 그것을 가르고
넘겨주는 기분이란
말할 수 없이 싱그럽다.

긴 호흡

긴 호흡을 하라.
짧은 호흡으로 현실과 맞닥뜨리면 숨이 목까지 차오른다.

아침에 떠오르는 태양에 등 떠밀려 하루를 보내지 말고 밤
하늘의 떠 있는 별들을 생각하며 긴 호흡을 해 보라.

태양은 현실이지만
별들은 우리의 꿈이기에….

엄마를 보내 드렸다

3년 전 돌아가신 엄마에게
사랑한다는 말을 못 했다.

사랑한다는 막내의 말이
엄마가 듣고 싶은 마지막 말일 것 같아서

오늘 새벽
꿈속에서 엄마에게
사랑한다는 말을 했다.

엄마는 꿈속에서 다시 말해 보라며 웃는다.

엄마를 오늘에야 보내 드렸다.

검도기행

두려움과 검도

우린 달린다.

그 동력이 즐거움이 아니라 두려움에 있다는 데
문제가 있지만

그렇지만 그 두려움을 이길 수 있는 방법을
찾았다.

바로 검도다.
상대의 검을 두려워하지 않고 앞으로
뛰어드는 일은 여간 어려운 것이 아니며
용기를 요하는 일이다.

최종적인 인간의 두려움은 죽음인데

검도가 그 두려움을 잠재울 수 있다고
난 믿는다.

검도의 심안

물리학적으로 광속보다 빠르면 시간을
거스를 수 있다는 계산이 나온다.

검도의 물리적인 속도로는 불가능하지만
검도에서 심안의 눈을 단련하면
충분히 시간을 거꾸로 거스를 수 있는
속도를 낼 수 있기 때문이다.

검도에서의 심안이란 상대의 칼을 예측하여 칼을
낸다는 것이다.
예측은
과거, 현재, 미래를 정확히 관통하는
눈을 가져야만 가능하기 때문이다.
심안이 강하면 시간을 지배할 수 있다는

결론에 이르게 된다.

검도의 심안은 사실 통찰력, 심리학, 물리학
이 모든 것이 결합된
단 한 번의 칼을 위한
검사의 몸부림 중 하나이다.

검도에서의 단 한 번의 실수는 바로 죽음을
뜻한다.

다시 말해서

매일 검도를 하는 것은 죽음과의 단판 승
시합을 매일 한다는 말이 된다.

시합의 이유

혹자는 컨디션 난조로 시합에서 졌다고 한다. 컨디션보다 시합을 더 중요하게 여긴다는 말이다. 그렇지만 내 생각은 시합을 하는 이유는 컨디션을 끌어올리는 작업 중에 하나라고 본다.

시합에서 이긴다는 것은 이길 수 있는 컨디션(공간, 시간, 육체적, 정신적인 준비)을 상대방보다 먼저 선점한 상태라고 볼 수 있다. 컨디션을 선점하면 이겨 놓고 시합을 한다는 말이다. 아무리 시합을 잘하는 선수라 해도 컨디션을 선점한 이에게 이길 순 없다. 그래서 검도에서는 선의 공격*과 준비 정신이 중요하다. 선의 공격은 준비된 정신과 육체로 공간·시간을 먼저 지배하는 자에게 주어진다. 연습과 시합을 통하여 컨디션을 끌어올리면 세상의 그 어떤 일에도 맞설 준비가 되는 것이다.

---

* 선의 기술: 상대방보다 먼저 칼을 내는 검도의 기술.

공평한 운동

검도는 칼 아래 누구나 공평하다.

이종격투기, 레슬링, 권투….

격투기들은 체중에 따라 급이 나뉜다.

그 이유는 누구나 아는 사실일 것이다.

그렇지만 검도에서는 경량급 검사에게도

헤비급 선수에게도 한 판의 기회는 동등하게 주어진다.

순전히 검사의 검력과 기술만으로 통할 수 있는

격투기이다.

요즈음 불평등에 대해 많은 이야기를 한다.

'불평등에 진저리를 친다면 검도

한번 배워 보세요.'

검도가 위안이 될 수 있다.

죽음과 검사

기다림의 미학은 많지만 검도에선 선의 움직임을
미학으로 한다.
사람은 누구나 마지막 시간이 기다리고 있다.
그렇지만 검도에서 선의 움직임은
상대방으로부터 시간을 뺏는 작업에
해당된다.
상대방 공격보다 빠르게
상대가 공격하기 전
상대 공격을 유도한 후 공격
모두 상대방의 공격할 시간을 뺏는
작업이다.
이런 작업들은 사실 사람의 마지막 시간(죽음)에
대항하는 검사들의 몸부림일지도 모른다.

검도의 거리

검도의 거리에 대한 고민을 하던 중
조 사범으로부터 거리에 대한 조언을 받는다.

"거리에는 세 가지가 있다."
시간, 공간, 마음 이 세 가지를 상대방에 따라
운용하라는 조언이었다.

물리학에서는 광속을 넘어서면 시간을 지배할 수
있다는 계산이 나온다.

그렇지만 아직까지 현대 물리학에서도 광속을
넘어서는 기계를 개발하지 못하고 있다.

그렇지만 실망할 필요는 없다.

검도에서는 마음의 거리가 남아 있기 때문이다.

사람의 마음은 과거, 현재, 미래를 마음껏 활보할 수 있다.

세 가지 거리 중 하나의 마음을 다스린다면
충분히 거리를 지배할 수 있다는 생각에
이르게 된다.

검도는 결국 마음의 수련만이 최고의 경지에
이를 수 있다는 걸 사범님이 알려 주려 했던 것 같다.

관장님

검도 수련의 본질은 군더더기 없는
칼의 사용이다.

인생에 있어서도 군더더기 없는 인생을
사는 사람들도 있다.

검도도 인생에 있어서 직업이 아닌 이상
군더더기라고 볼 수 있다.

하지만 군더더기란 목표가 있기에
가능한 단어이다.

인생에 있어서 목표가 꼭 정해져야만
한다는 생각은 다시 생각해 봐야 할

문제지만 태어나면서부터 한 호흡도
목표 이외에 다른 곳에 눈길을 주지 않는
인생도 있다.

곤도

검도는 중단으로 시작한다.

물론 하단, 상단도 있지만
가장 안정된 중단을 기본으로 한다.

상대방의 눈, 나의 배꼽, 나의 눈, 이 세 가지 부분 끝으로 삼
각형을 만든다.

중단세가 무너지는 것은 그중 하나에
너무 집중하거나 소홀한 나머지 생기는 일이다.

그러면 적으로부터 공격을 받게 된다.

검도의 중단세를 인생에 적용한다면
자기계발, 직장, 집으로 변환하여 적용해

볼 수 있다.
마찬가지로 한 곳에 소홀하거나
집중하면 인생의 중단세가 무너지게 된다.
그러면 적군의 공격이 시작된다.

그렇지만 일부러 한쪽을 무너뜨려
적에게 혼란을 준 후 공격하는
방법도 있다.
즉, 곤도를 이용하는 방법이다.

바둑에서도 곤마를 활용하는 방법이 있다.
즉, 죽은 말을 최대한 활용하여 상대방의
선수를 뺏는 방법이다.

검도에서도 죽은 칼을 이용하면 다음 칼을
선도로 돌려세워 기세를 선점할 수 있다.

인생도 그런 선상에서 본다면 많은 경우의 수를 볼 수 있을
것이다.

두려움과 검도 시합

호구 안의 그는 삼백안 그대로였다.

눈 안의 검은자위 밑으로 유독 백색인 흰자위가

더욱 나를 강하게 압박해 왔다.

상대의 두 번의 밀어걷기 나의 한 번의 뒤로 밀어걷기

그 뒤 상대의 뒤로 밀어걷기

다시 촉도*

나는 그의 죽도 밑으로 넣어 다시 공격 겨눔 후

손목을 공격 겨눔한다.

그는 재빨리 뒤로 빠져 손목을

방어함과 동시에 죽도를 누르고 다시 빠진다.

움직임이 방울뱀 같다.

몸으로 무엇인가 제압하기보다는

기로써 제압하지 않으면 안 되는 상대였다.

---

* 상대의 죽도와 나의 죽도가 만나는 거리,

상대도 그걸 원하는 눈치였다.

기술(밀고, 누르고, 치고…)을

꼭 필요하지 않으면 쓰지 않고 있었고

나도 그런 담박한 검풍이 싫지 않았다.

그때 시합이 풀리지 않으면 가장 자신 있는 칼로

과감하게 승부하라는 관장님의

말이 생각났다.

상대는 손목을 잘 방어하고 있고 기로써

나를 재압하려 한다.

호랑이를 잡으려면 칼을 물고 호랑이

배 아래로 뛰어들어 배를 가르는 수밖에 없다.

잘못하면 손목을 치러 들어가다

내가 머리를 맞을 수도 있는 일이었다.

그만큼 낌새 없게, 과감히 기를 모아

치지 않으면 안 되는 상대였다.

두렵다.

한 번의 밀어걷기 후

난 과감히 머리치기 때의 기백으로

손목으로 뛰어들었다.

한판이다.

그냥 그것으로 됐다.

아마 한판이

되지 않았어도 실망하지 않았을 것이다.

기와 기술, 결정. 모든 것이 후회 없는 한판이었기 때문이다.

검도와 검도의 해석

- 시합 전 관원들에게

심리학에서는 느낌이 네 가지 감정을 거친다고 합니다. 보기, 인식, 해석, 느낌. 문제는 해석 단계에서 일어납니다.

다른 세 가지 중 보기와 인식은 나름대로 객관성을 유지할 수 있고 느낌은 이미 해석을 통하여 체화하는 단계이기 때문에 우리가 개입하기에는 늦습니다.

그럼 검도에 있어서의 해석 단계를 알아보겠습니다. 검도는 시합을 통해서 자신의 수련 실력을 점검하고 반성하는 계기를 마련합니다. 시합은 주관적인 자신만의 수련 실력을 지극히 상대적인 또 다른 자신과의 수련 실력을 겨룸으로써 완성 단계에 이르게 됩니다. 시합 중 상대를 너무 크게 보거나 너무 얕잡아 보거나 하는 행동들은 '상대는 또 다른 나'라는 관점에서 보면 본인의 심안(마음의 눈)이 객관적이지 못하다는 것이며, 그와 함께 시합에서 낭패를 보기 쉽습니다.

경(놀람), 구(두려움), 의(의심), 혹(상대방의 계책에 말려듦)의 탈

피와 상대를 객관적으로 볼 수 있는 심안은 그래서 매우 중요합니다. 아무리 단위가 높고 시합에서 우승을 했던 상대라고 해도 빈틈은 있기 마련입니다(컨디션 난조, 본인의 마음가짐, 칼의 꼬임…). 사실 우리의 눈이 그것(약점, 빈틈)을 보지 못할 뿐, 빈틈이 없는 상대는 없다고 봅니다. 빈틈에서의 틈은 빛과 바람이 드나드는 자리라고 합니다. 빛과 바람이 드나들 수 있는 자리는 칼도 드나들 수 있다는 뜻입니다. 그 자리를 볼 수 있는 눈(심안과 통찰력)과 항상 그곳에 칼을 낼 수 있는 자신의 수련과 준비 정신이 필요합니다.

물론 칼은 빛과 바람처럼 빠르고 간결하게 들 수 있도록 강하면서도 유연한 수련이 필요합니다.

물리학에서 양자역학은 4차원에 해당됩니다. 검도에서도 수련단계를 네 가지로 나눈다면 마지막 네 번째 단계는 기 수련단계입니다. 양자역학 이론은 관찰자가 관찰 대상을 보는 순간에 원자보다도 작은 입자인 양자가 관찰 대상을 보는 순간 구름처럼 모이게 된다는 이론입니다. 신기하게도 우리가 수련하는 검도의 기와 일맥상통하는 부분입니다. 기란 우리 눈으로 보지 못하지만 물리학에서의 양자처럼 분명 존재합니다. 기의 성질도 양자처럼 상대에 따라 변하게 됩니다. 놀랍도록 양자역학과 동일한 부분은 주관적 또는 객관적으로 상대를 해석할 수 있다는 점입니다. 사실 검도, 심리학, 물리학 모두 동일한 부분이 있습니다. 바로 인간을 위한, 인간의 의한, 인간에 대한 운동이고 학문이라는 것입니다. 인간을 해석하는 데 있어서 가장 중요한 부분 중 하나는 가감 없이, 편견 없이 있는 그대로를 존중하고 그대로 인정하는 것입니다. 우리가 검도를 배우고 수련하는 목적은 다시 말하지만 상대를 잘 해석하고 상대에 맞는 칼을 내주기 위해서입니다. 그것이 상대와 제대로 교감을 하는 것이며 상대에게도 빈틈을 메꿔 주는 수단으로써의 검도입니다. 그러므로 저는 검도 시합은 상대와 나 모두 발전하는 것이라 믿습니다.

검도 세계

검도 세계에 국가나 민족이란 있을 수 없다.
검도엔 검도인만 있을 뿐이다.
검도를 자기네 무술인 양 떠드는 사람들은
진정한 의미의 검도인이 아니라
검도를 이용해
그 나라에서
인정을 받아
한자리 차지하려는
정치인과 하등 다를 게 없다.
검도의 태동기 때 검도는
생존을 위한 도구 중 하나였고
국가란 의식도 희미할 즈음이었기 때문이다.